# Chris Higgins

Ilustrado por **Lee Wildish**

## edebé

Título original: *My funny family gets bigger*
Text copyright© Chris Higgins, 2015
Illustrations© Lee Wildish, 2015

First published in Great Britain in 2013
by Hodder Children's Books

© Ed. Cast.: Edebé, 2015
Paseo de San Juan Bosco, 62
08017 Barcelona
www.edebe.com

Atención al cliente 902 44 44 41
contacta@edebe.net

*Directora de Publicaciones:* Reina Duarte
*Editora de Literatura Infantil:* Elena Valencia

© Traducción: Teresa Blanch

Primera edición: marzo 2015

ISBN 978-84-683-1289-7
Depósito Legal: B. 25.306-2014
Impreso en España
Printed in Spain

Para Vinny, Zac, Ella y Jake.

Gracias, Ellen.

# Capítulo 1

Posiblemente se debe a un despiste de alguien, pues creo que el año debería empezar en septiembre y no en enero.

Enero no es demasiado divertido porque:

Han pasado las Navidades y el invierno sigue y sigue, interminable.

Es de noche cuando vas al colegio y vuelves a casa de noche.

🙁 Hace mucho frío y llueve a menudo.

🙁 Todo el mundo pilla resfriados y dolores de garganta y tiene un montón de mocos.

🙁 No puedes salir a jugar fuera.

🙁 Y no crece nada en nuestro huerto.

Sin embargo en septiembre:

🙂 ¡Es hora de volver al cole! ¡Yupiii!

🙂 Los días son cálidos y soleados.

🙂 Al salir del colegio puedes jugar fuera.

🙂 En el huerto crecen espinacas y calabazas.

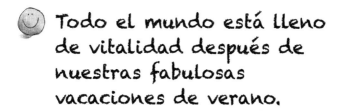

Todo el mundo está lleno de vitalidad después de nuestras fabulosas vacaciones de verano.

Hemos crecido tanto que mamá tiene que comprarnos un uniforme nuevo.

Compramos camisas nuevas, faldas y pantalones, nuevas sudaderas, calcetines, equipo deportivo, ropa interior y un nuevo abrigo si el viejo se nos ha quedado pequeño.

Escogemos estuches nuevos, lápices, bolígrafos, gomas, reglas, libretas y una nueva mochila si la vieja está estropeada.

También compramos zapatos de nuestro número y vamos a que nos corten el pelo. Todo porque empezaremos el colegio en otra clase de un curso superior.

—¡Cielos! —dice mamá, sacando más dinero del cajero automático—. ¡Cuántos gastos!

Es un maravilloso comienzo para todos. Este curso, en especial, para mis dos hermanos Dontie y Stanley.

Dontie, que tiene once años, empieza secundaria, y Stanley, el colegio.

Es la primera vez que Stanika se separan.

Stanika son Stanley y Anika. Stanley tiene cinco años y Anika, tres. Siempre van juntos y por eso les llamamos Stanika.

Estoy preocupada por si se echan de menos.

Me preocupo a menudo. Todos los días hago una Lista de Preocupaciones. Creo que me ayuda. Si las escribo, mis preocupaciones no suceden. Pero si no lo hago, entonces se cumplen.

El pasado verano, cuando estaba de vacaciones en Cornualles dejé de escribir la Lista de Preocupaciones y luego mi hermano Dontie se cayó por un precipicio.

Pero eso es otra historia.

Me llamo Mattie y tengo nueve años y medio. Mi hermana V tiene siete y tres cuartos. V es una abreviatura de Vera Lynn, y como no le gusta su nombre la llamamos V.

Anika se quedará en casa con mamá, solo ellas dos, mientras los demás vamos al colegio, incluido papá. Da clases de Arte en la facultad. Pero pronto serán tres en casa porque mamá va a tener otro bebé.

Jellico también se quedará en casa esperando que salgamos del colegio. Jellico es nuestro perro desaliñado, desenvuelto y deslumbrante.

—¡Venga, a dormir! —dice mamá la noche antes del inicio de curso mientras nos arropa en la cama—. Por fin empieza el curso. ¿Estás nerviosa, Mattie?

—¡Síííí! —digo, acurrucándome y

estrujando a V, lo que indica cuán nerviosa estoy.

Mi hermana gruñe y aparta mi brazo, pero no me importa.

No puedo esperar a estrenar la ropa nueva.

No puedo esperar a usar las cosas nuevas que he metido bien ordenadas en mi nueva mochila.

No puedo esperar a ver a Lucinda, mi mejor amiga.

—¡Yo no estoy nerviosa! —refunfuña V—. El colegio es aburrido.

Mi hermana odia el colegio. Es muy buena con los números y todo eso, pero no sabe leer bien.

—No te pareces a tus dos hermanos —dijo su último profesor, al igual que los anteriores.

Cuando los profesores le dicen cosas así, se enfada mucho, y cuando V se enfada, npre se mete en serios problemas.

—Te gustará —dice mamá—. Nueva clase, nueva profesora.

—No, no me gustará —dice V, muy enfadada.

Estoy de acuerdo con ella. No le gustará. Siempre pasa lo mismo.

Mentalmente, la agrego a mi Lista de Preocupaciones. Esta noche es así:

## Lista de Preocupaciones

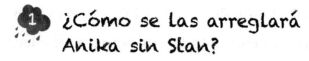 1 ¿Cómo se las arreglará Anika sin Stan?

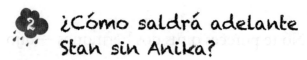 2 ¿Cómo saldrá adelante Stan sin Anika?

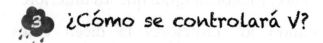 3 ¿Cómo se controlará V?

# Capítulo 2

Lucinda fue de vacaciones al Continente con su padre, que es contable, y su madre, que es ama de casa.

—¿Cómo es? —le pregunto.

—Grande.

Parece ser que el Continente está formado por muchos países diferentes en los que se hablan diversas lenguas.

—¿Qué te ha gustado más? —pregunto.

Arruga el ceño para pensar durante un buen rato y finalmente se decide.

—Leer cómics en el coche.

Lucinda me ha traído regalos de algunos de los lugares que ha visitado. Ante mí, encima de la mesa, hay:

 Una muñeca de Austria con un delantal que lo certifica y un sombrero con una cinta.

 Un par de castañuelas de España (las castañuelas son unos pequeños objetos de madera que los bailarines españoles hacen sonar con un golpecito seco).

 Un par de diminutos zuecos de Holanda.

 Un burro (de mentira), con cestas de paja en el lomo, de Portugal.

 Un bonito abanico de Italia.

## Un pequeño pañuelo de encaje de Alemania.

Yo también le he traído un regalo de Cornualles. Encima de la mesa, Lucinda tiene un pequeño muñeco que representa a un duende de Cornualles comiendo empanada.

Mi lado de la mesa se ve un poco lleno. El lado de Lucinda, un poco vacío.

—¡Me encanta mi duende! —exclama, y en mi rostro luce una gran sonrisa.

—Lo sabía.

La señora Vozarrón es el nombre que Dontie le puso cuando tuvo a mi nueva profesora. Su verdadero nombre es señora Sharratt, pero señora Vozarrón le viene que ni pintado porque tiene un auténtico chorro de voz.

Hablamos por turnos. Tardamos **MUCHO** en escuchar lo que todo el mundo ha hecho durante las vacaciones. Algunos han viajado y otros se han quedado en casa, pero al cabo de un rato todo empieza a sonarme igual. Bostezo. Hace calor en la clase. Se me cierran los ojos. A mi lado, Lucinda ronca suavemente.

—Finalmente, aunque no menos importante… —anuncia la señora Vozarrón, con voz potente para captar nuestra atención.

Abro los ojos al mismo tiempo que veintitrés cuerpos se sientan bien rectos en sus sillas.

—Mattie, querida, ¿qué has hecho tú estas vacaciones?

Me levanto. Veintidós pares de ojos se velan de nuevo; veintidós cuerpos se dejan caer en las sillas. Nadie tiene ningún interés.

Suspiro profundamente y cuento a la clase cómo han sido nuestras vacaciones en Cornualles y hablo de algunas de las personas que hemos conocido.

Les hablo de Ted y de que estuvimos acampados en los terrenos de su granja.

Les hablo de la playa llamada Sunset Cove en la que jugábamos todos los días.

Les hablo del gigante que vivía en un

castillo y desayunaba ovejas y vacas vivas, y entonces algunos abren los ojos.

Les hablo de los elfos que se llevan a los bebés de la cuna, y otros niños se sientan erguidos y se muestran interesados.

Les hablo de los duendes de las minas, los pequeños seres que se ocupan de las personas si les proporcionan comida. Les cuento que guardé mi último trozo de *pizza* para ellos para que trajeran a Jellico, nuestro perro, que habíamos olvidado en casa.

—Cuéntanos más cosas, Mattie —pide Job, a quien siempre riñen porque no escucha.

Les hablo de las *sedosas*, que tienen aspecto de focas, aunque hay quien dice que son sirenas y tritones mientras otros opinan que son fantasmas.

Ahora todo el mundo está escuchando.

Les hablo de Will, el amigo que conocí, que

quedó atrapado bajo tierra cuando la mina de estaño se hundió hace cien años.

Ahora todo el mundo está sentado en el borde de su silla.

Les hablo de cómo mi hermano Dontie se cayó por un precipicio y se hirió en la cabeza y se habría ahogado si Will no lo hubiera puesto a salvo a través de una red de túneles bajo la vieja mina de estaño.

—Después de esto, Will se convirtió en una foca y se alejó nadando mar adentro, hacia la libertad —finalizo, y la clase entera lanza un grito de asombro.

—¿Y luego? —pregunta Job.

—Nada más —digo—. Eso es todo lo que pasó.

—Bien —dice la señora Vozarrón, sorprendida—. Realmente posees una gran imaginación, Mattie Butterfield.

—Sí, señora —digo, y me siento.

Se equivoca. No poseo una gran imaginación.

Todo lo que he contado es cierto.

# Capítulo 3

Stanley se encuentra como pez en el agua en el colegio.

Después de casi tres años, deja a mamá la responsabilidad de ocuparse de Anika y va feliz al colegio.

Es algo que nos ha sorprendido a todos. Es que Anika nació el día que Stanley cumplía dos años.

—Es tu regalo de cumpleaños, Stan —le dijo mamá en cuanto la vio y puso al nuevo bebé en sus brazos—. Ahora tendrás que comportarte como un niño mayor y cuidar de tu hermana pequeña. ¿Podrás ayudarme?

Stanley, que por supuesto no es mayor, observó al nuevo bebé, que asomaba la cabecita por encima de la sábana, y asintió solemnemente.

Stan es un hombre de palabra.

Desde entonces, ha llevado consigo a Anika a todas partes. Anika es redondita y blanda como yo y en cambio Stanley es pequeño y delgado, y cada vez que se sienta, ella se coloca en su regazo, y él desaparece.

No se puede imaginar a uno sin el otro. Son como:

 Tom y Jerry.

 Cucurucho y helado.

 Batman y Robin.

 Claude y Calcetinpelusa.

## Pollo y patatas fritas.

Creía que Stanika se echarían mucho de menos. ¡Lo que son las cosas!

Anika lo pasa bien en casa con mamá. Mamá tiene mucho más tiempo para jugar con ella porque nosotros estamos en el colegio. Y, además, siempre está a mano Jellico para un achuchón si mamá está ocupada.

Así pues, puedo borrar una preocupación de mi lista. Anika sabe arreglárselas sin Stan.

—¡No es justo! No me gusta el colegio —dice V, algo que repite a menudo—. Me gustaría quedarme en casa con mamá.

—A veces nos gustaría a todos —digo para animarla aunque, en realidad, jamás me apetece quedarme en casa en lugar de ir al colegio.

—A mí me gustaría siempre —frunce el ceño V.

Mientras tanto, Stanley adora el colegio y no da la impresión de que eche de menos a Anika cuando está allí. Está demasiado ocupado aprendiendo a leer.

En poco tiempo es capaz de leerlo todo. Libros, periódicos, revistas, cómics; sobres, cartas, cajas de cereales, paquetes de comida; señales en la calle, carteles de los comercios, señales de atención, señales de prohibición; noticias, anuncios, listas, recetas; horarios de autobús y de tren, facturas, folletos...

No puedo seguir la pista de las lecturas de Stanley.

Un día, cuando mamá viene a recogernos al colegio, el señor McGibbon, el profesor de primero, que es muy alto y tiene los brazos largos, sale con Stanley, que es muy pequeño y tiene los brazos normales, para hablar con ella.

—¿Qué ha hecho? —pregunta mamá alarmada.

—El joven Stanley es el mejor lector que he tenido nunca —anuncia el señor McGibbon.

—¿Eso es todo? —mamá parece aliviada.

—Eso, señora Butterfield, lo es todo.

El señor McGibbon nos mira radiante.

Mamá, Stanley, Anika y yo le devolvemos la mirada.

V estudia sus zapatos.

Por consiguiente, puedo tachar otra preocupación de mi lista. Stan puede arreglárselas sin Anika.

Me queda solamente una preocupación. Así que no tengo mucho de lo que preocuparme.

Pero ocurre algo extraño. A veces, cuando solo te preocupa una cosa, parece más grande y más negra.

Ahora mi lista es así:

## Lista de Preocupaciones

**1** V odia el colegio.

Punto y aparte.

# Capítulo 4

—¡Libro! —exclama Anika cuando llegamos a casa—. Libro. Libro.

Parece una de las gallinas de Sunset Farm escarbando el suelo del patio.

Anika ha empezado a decir muchas palabras desde que Stanley va al colegio.

—Es porque Stanley no está por aquí para responder en su lugar —dice la abuela.

Al llegar a nuestra calle vimos que los abuelos nos esperaban en la puerta.

—¡Oh, caramba! —exclamó mamá al verlos.

Lo cierto es que mamá dijo «¡Oh!» y otra palabra, pero me pidió que no la repitiera.

No es que a mamá le disgusten los abuelos, porque en realidad los quiere.

O eso creo.

Desde luego quiere al abuelo. Le he oído decir a papá cosas como:

—¡Tu padre es un santo!

Y:

—¡Este hombre se merece una medalla!

Y:

—¡Algún día recibirá su recompensa!

Aunque nunca cuenta por qué motivo.

Creo que también quiere a la abuela, aunque me parece que desearía que no se entrometiera tanto en todo.

A la abuela le gusta entrometerse.

Y poner nerviosas a las personas.

Y tener razón.

Y querer que se hagan las cosas a su manera.

Y hacer ir recta a la gente.

Y mantenerse en sus trece.

Sin embargo, la abuela es estupenda cuando hay que echar una mano.

Y para limpiar.

Y para ayudarnos en nuestro huerto.

Y para tejernos jerséis cómodos.

Y cocinarnos pasteles deliciosos.

Y ocuparse de todos nosotros.

Lo sé porque he oído hablar de la abuela a mis padres.

Mucho.

Pronto estamos sentados alrededor de la mesa de la cocina comiendo el pastel de chocolate de la abuela y bebiendo zumo de naranja (los niños) y té (los adultos). Y escuchando cómo Stanley lee a Anika, entre mordisco y mordisco del pastel, uno de los cuentos preferidos de la abuela, *Pulgarcito*.

—Había una vez... —empieza Stanley solemnemente, y Anika y la abuela permanecen embelesadas mientras lee la historia de cabo a rabo.

Cuando llega al final, ambas sonríen con satisfacción.

—¿Más? —pregunta Anika esperanzada.

—Me encanta este cuento —dice la abuela—. Me recuerda mi infancia durante la guerra. ¡Por entonces no se desperdiciaba nada!

Le gusta la palabra «desperdiciar». Cree que desperdiciamos mucha comida porque Stanley es quisquilloso con los alimentos, a Dontie le gustan las patatas fritas pero detesta el pescado, a Anika le gusta el pescado pero no come tomates y yo como tomates pero no quiero salsa boloñesa si lleva carne.

Lo cierto es que no quiero comer nada de carne, a pesar de que me gusta todo. Esto me pasa desde que hemos estado en Sunset Farm y me he dado cuenta de que el bistec procede de la vaca, el lomo y el beicon de los cerdos, las costillas de los corderos y el pollo de los pollos.

—Se trata de una etapa —resopló la abuela cuando mamá le contó que me había hecho vegetariana—. Tim también pasó por esa fase. Lo superará.

Se equivoca. Aunque mi padre lo hiciera, yo no quiero superarla. Nunca jamás.

La abuela aprueba los hábitos alimenticios de V porque se lo come todo, a pesar de que es delgada como un galgo. La abuela y V se parecen en muchas cosas, a pesar de que V no sabe tejer jerséis cómodos ni cocinar deliciosos pasteles.

Sin embargo hoy, cuando la abuela dice que le gusta *Pulgarcito*, V gruñe y frunce el ceño.

—¿Qué te pasa? —pregunta Dontie y le da un codazo entre las costillas.

—Odio ese cuento —dice V—. Es tonto.

—No, no lo es —replica mamá—. No seas maleducada.

—¡Todos los libros son tontos! —exclama V.

—No lo son —replica Dontie—, solo porque tú no sepas leer.

—¡Dontie! —le riñe mamá.

—¡Claro que sé! —chilla V—. ¡Lo que pasa es que no quiero! ¡Es tonto!

—¡Tú sí que eres tonta! —replica Dontie.

—¡Dontie! —interrumpe mamá, demasiado tarde.

V empuja a Dontie de la silla y sale corriendo.

—¡Vuelve, V! —grita mamá, pero sé que no lo hará.

Porque he visto cómo las lágrimas rodaban por sus mejillas y no quiere que nadie se dé cuenta de que está llorando.

# Capítulo 5

Mamá está cada vez más gorda. Es como si alguien le estuviera inflando la barriga con una bomba para hinchar globos. Solo estamos en octubre y se supone que el bebé tiene que nacer más o menos por Navidad.

—No sé cómo voy a encontrarme entonces —dice—. Niños, este año será mejor que tengáis preparadas vuestras listas pronto y bien escritas.

Nos sentamos alrededor de la mesa de la cocina con lápices y papel.

Dontie escribe una larga lista en apenas dos minutos, mientras estoy pensando todavía. Luego sale a dar patadas al balón. Levanto la hoja y la leo. Dice:

 Una mesa de billar.

 Una Nintendo DS.

 Una tabla de surf.

 Videojuegos.

 Un ordenador nuevo.

 Una *mountain bike* con accesorios.

 Un iPod.

 Una tirolina.

—Ah, bueno —dice mamá leyendo por encima de mi hombro—. Me parece que

Papá Noel este año va a necesitar un trineo más grande.

Me devano los sesos. Luego escribo:

 Una estación de alimentación para erizos.

 Un bidón lleno de gusanos.

 Una prensa para flores.

 Un *kit* para hacer chocolate.

 Semillas para el huerto.

 Una caja para murciélagos.

—¡Un bidón lleno de gusanos! —se estremece mamá—. ¿Dónde lo pondrás?

—En la habitación, no —dice V—. También es mi habitación y **NO** quiero tener gusanos allí.

—Lo tendré en el jardín —explico—. Los gusanos producen un excelente fertilizante.

A Stanley le cuesta un montón elaborar su lista. Ocupa toda una página y la mitad de otra.

—¿Qué escribes? —pregunta V, que está sentada sin hacer nada.

—Una lista de libros con los títulos ordenados por orden alfabético —dice Stanley, cuya escritura ya es tan buena como su lectura—. Para facilitar las cosas a Papá Noel. ¿Sabías que hay un libro para cada letra del alfabeto?

—¡Vaya novedad! —exclama V con

grosería—. Hay veintisiete letras en el alfabeto. Eso significa un montón de libros. Estás siendo demasiado avaricioso.

—No los quiero todos —explica Stanley con rapidez—. Él puede escoger solo algunos.

—¡Cochinos libros! —V arruga la nariz—. Quiero un monopatín.

—Escríbelo —dice mamá.

V toma un lápiz y duda. Luego, con la lengua entre los dientes, escribe una sola M lentamente.

—¡Esta M está torcida! —señala Stanley.

—¡Grrr! —gruñe V—. ¡Ya lo sé! —y la tacha.

Luego deja el lápiz.

—¡Escríbelo! —repite mamá—. Si no, Papá Noel no sabrá qué tiene que regalarte.

—¡Solo quiero una cosa! —exclama V—. ¡No va a olvidarlo!

—Se está haciendo mayor —replica mamá—. Y tiene que recordar lo que le piden montones de niños.

V vuelve a sujetar el lápiz de mala gana.

—«Monopatín» es fácil de deletrear —dice mamá con suavidad—. M-O-...

—N-O...P-A-T-Í-N —continúa Stanley con ánimo de ayudar.

—¡No me lo digáis! ¡No soy tonta! —chilla V y arroja el lápiz llena de rabia.

—Claro que no —dice mamá, pero es tarde, V se ha marchado.

V tiene razón. No es tonta. Sabe que el alfabeto contiene veintisiete letras.

Solo que le cuesta decir cuál es cuál.

# Capítulo 6

—He decidido —anuncia la abuela— que estas Navidades cocinaré yo.

¡Oh, no! Siete pares de ojos miran a la abuela alarmados. Ocho si contamos a Jellico.

Cada año por Navidad, los abuelos y tío Vesubio vienen a comer con nosotros.

Tío Vesubio es el padre adoptivo de mamá. Es bastante mayor y se parece un poco a un duende de jardín. No estoy siendo maleducada, es así. Vivía con tía Etna, que murió por culpa del tabaco, motivo por el cual mi tío fuma un bolígrafo en lugar de un cigarrillo y viene a casa por Navidad.

Mis padres cocinan juntos el banquete navideño. Es la mejor comida del año porque podemos escoger lo que queramos y papá y mamá lo disponen todo en la mesa y comemos lo que más nos apetece.

Mamá dice que durante los años que estuvo en el Centro de Acogida, antes de irse a vivir con tío Vez y tía Etna, nunca le dejaron escoger la comida. Tenía que comer lo que le servían.

Por eso ahora mamá y papá cocinan siempre un enorme pavo con patatas asadas, zanahorias y coles de Bruselas, albóndigas con relleno de castañas y montones de salsa para los adultos. **ADEMÁS,** hamburguesas con queso y patatas fritas, el plato preferido de V, arroz con curry, el favorito de Dontie, y estrellas doradas para Stanika. Las estrellas doradas son un invento de papá. Son lonchas de queso encima de una tostada cortada en forma de estrella.

Y de postre, hay budín de Navidad con salsa de *brandy*, bizcocho borracho, o helados de lujo y pastel de chocolate.

Yo como un poco de todo.

Este año, como soy vegetariana, no podré probar el pavo. Mi plato preferido.

—Pero... —protesta mamá.

—¡No hay peros que valgan! —interrumpe la abuela—. Sabes que tengo razón, Mona.

Ante mi sorpresa, papá se muestra de acuerdo.

—Mamá tiene razón. Cariño, este año es mejor que tengas los pies en alto. El bebé va a nacer en esas fechas.

Mamá observa nuestras silenciosas miradas de ruego.

Su barriga se riza de manera alarmante

mientras el bebé golpea y hace el pino, y mamá cierra los ojos.

—Gracias —dice al abrirlos de nuevo—. Es una oferta muy amable.

—¡Bien! —exclama la abuela triunfante aunque sorprendida, como si hubiera esperado una pelea con su nuera—. Asunto resuelto.

—¿Qué comeremos? —pregunta V, que disfruta con la comida.

—Pavo asado con su guarnición —dice la abuela—. Y por supuesto, budín de Navidad.

—¿Qué pasa con la hamburguesa con queso y las patatas fritas? —pregunta V.

—¿Y el arroz con curry? —pregunta Dontie.

—¿Y las estrellas doradas? —pregunta Stanley.

La abuela chasquea la lengua en señal de enfado.

—Este año no habrá nada parecido a esa tontería de come-lo-que-quieras —dice con decisión—. Ya sois lo bastante mayorcitos como para comer lo que se os sirva.

—Yo no quiero coles de Bruselas —dice Dontie sublevándose.

—Basta —se incomoda la abuela, y Dontie pone cara larga.

—Yo no quiero judías verdes —dice Stanley tímidamente—. Anika tampoco.

—He dicho basta, Stanley. Anika y tú comeréis lo que se os ponga.

—¡Abuela! —protesto con valentía—. Soy vegetariana.

—¡Vegetariana! —exclama la abuela, que parece a punto de explotar—. ¡Ya te daré yo a ti eso de ser vegetariana!

Y por lo que a la abuela concierne, es el fin de la conversación.

41

# Capítulo 7

Cultivamos en el jardín nuestra cena de Navidad.

¿Cómo es eso?

Claro que no lo cultivamos todo. No se puede cultivar un pavo o un budín de Navidad en un huerto.

¡Pero hemos cultivado zanahorias, patatas y coles de Bruselas!

Las zanahorias que plantaron Stanika ya están recogidas, lavadas y almacenadas en el congelador.

Las coles de Bruselas todavía no están listas. ¡Las planté yo! ¿Sabíais que las coles de Bruselas crecen en un gran tallo sobre el suelo, estrechamente adheridas, como diminutas coles colgantes?

Las vigilo casi todos los días. No están a punto.

—Lo estarán por Navidad —dice tío Vez cuando las observa.

Tío Vez es muy listo. ¡Imaginad qué ha hecho!

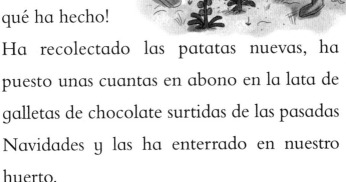

Ha recolectado las patatas nuevas, ha puesto unas cuantas en abono en la lata de galletas de chocolate surtidas de las pasadas Navidades y las ha enterrado en nuestro huerto.

—Se mantendrán bien y fresquitas. Sabrán deliciosas con coles de Bruselas y zanahorias y pavo asado el día de Navidad —dice, relamiéndose los labios ante la perspectiva—. ¡Perfecto!

Así pues, ya está decidida la cena de Navidad.

No obstante, estoy un poco preocupada. ¿Qué voy a comer?

No puedo comer pavo desde que he descubierto que es... pavo.

Lo escribo en mi Lista de Preocupaciones debajo de «V odia el colegio» y lo dejo allí un tiempo. Pudriéndose.

Significa que es como una herida que no se cura.

En lugar de ello se mantiene sangrando continuamente.

Al final se lo cuento a Lucinda porque la

señora Vozarrón dice que Lucinda tiene una respuesta para todo.

Tiene razón.

—Está chupado —dice Lucinda—. Come asado de frutos secos. Mi madre lo hace. Es vegetariana. Cuando se acuerda.

—¿Qué es asado de frutos secos?

—Se hace con frutos secos —dice Lucinda después de pensar un rato—. Y se asan en el horno. Parece un filete de carne.

—No es mala idea —digo para mostrarme educada porque ha sido de gran ayuda, aunque no esté convencida.

Aunque, cuando le pregunto a la abuela si podemos hacer frutos secos asados por Navidad, me mira como si le hubiera pedido asado de babosas y caracoles con sus guarniciones y huevas de rana con mantequilla de *brandy* de postre. Abre unos ojos como platos y la noto sofocada como si ardiera por dentro.

—¡ASADO DE FRUTOS SECOS! —ruge—. ¡¡¡¡ASADO DE FRUTOS SECOS!!!!

Imagino que significa que no.

# Capítulo 8

Stanley ha ganado un premio de lectura en el colegio. Es un libro, el premio ideal para un buen lector.

Es como si un buen futbolista ganara un balón o un buen ciclista, una bicicleta. O un buen nadador ganara una piscina. Mucho mejor que un diploma.

La señora Dunnet, nuestra jefa de estudios, se lo ha entregado en el salón de actos y todo el mundo ha aplaudido. Stanley le ha estrechado la mano sonriendo de oreja a oreja. Me he sentido orgullosa de mi hermano pequeño.

En realidad una persona no ha aplaudido.

V.

Estaba sentada con las piernas cruzadas en el suelo del salón de actos, dos filas por delante de mí. Ni siquiera ha levantado la vista. Tenía el cuerpo doblado con los codos entre las rodillas y se cubría las orejas con las manos como si no quisiera oír lo que ocurría.

Más tarde, a la hora de comer, la he visto sentada fuera de la clase en la silla de los castigados. El curso pasado yo estuve en la clase de la señorita Pocock y nunca castigó a nadie fuera de la clase.

A la salida del colegio, V me ha alcanzado en el patio y me ha sujetado del brazo.

—¡Vamos! —me ha dicho de modo apremiante—. Mamá nos espera. Tiene prisa.

Miro a mamá que espera en el patio del colegio con Anika en el cochecito. Charla y ríe con un grupo de mamás. Me recuerdan a las gallinas de la granja que visité durante las vacaciones, ladeando las cabezas a uno y otro lado, cloqueando entre ellas.

No da la impresión de tener prisa, sino de estar pasándolo bien.

V parece un poco desesperada. Miro alrededor para ver qué le preocupa.

La señorita Pocock tiene turno de vigilancia en el patio.

Stanley corre hacia mamá y le muestra su premio.

—¡Muy bien! —dice encantada, y todas las mamás empiezan a chillar a la vez.

—¡Qué niño más inteligente! —cloqueo—. ¡Qué listo es Stanley! —cloqueo, cloqueo—. ¡Mira que eres listo! —cloqueo, cloqueo, cloqueo.

—¡Tenemos que irnos! ¡Ahora! —exclama V, interrumpiendo.

La señorita Pocock se acerca a nosotros.

—¿A qué viene tanta prisa? —pregunta mamá sorprendida.

—Tengo deberes.

Mamá mira extrañada a las otras madres.

—¡Vaya! ¡Será mejor que nos marchemos entonces! ¡Adiós a todas!

—¡Adiós! —cloquean todas—. ¡Muy bien, Stanley!

V frunce el ceño y empieza a caminar delante.

—¡Está celosa! —dice mamá, intentando alcanzarla.

Pero una vez que damos la vuelta a la esquina, V aminora el paso y pronto se queda rezagada, arrastrando la mochila por el suelo.

—¡Vamos, perezosa! —la llama mamá,

mirando hacia atrás para ver qué pretende—.
Creía que tenías mucha prisa en empezar tus
deberes.

—¡No soy perezosa! —contesta bruscamente
V y nos adelanta para probarlo.

—Eso está mejor —dice mamá y le sonríe
alentadora.

Pero dos minutos más tarde, V vuelve a
quedar detrás y camina tristemente, cabizbaja,
arrastrando la mochila y los pies.

—¡Vamos, V! —dice mamá, esta vez
enfadada—. ¡No arrastres la mochila ni
los pies! Estás estropeando tus zapatos
nuevos.

—¡Voy! —frunce el ceño V y nos adelanta
disparada, dando un golpe a Stanley.

—¡Cuidado, Stanley! —exclama mamá
mientras le sujeta el brazo para evitar que se
caiga de cabeza al suelo.

Pero V la ignora y corre a casa tomándonos la delantera.

—¿Qué le pasa? —refunfuña mamá.

Yo lo sé. Y mientras me pregunto si debo contárselo a mamá, de pronto, gime.

—¡Oh, no! ¡Lo que nos faltaba!

Delante de casa, los abuelos están saliendo de su coche.

## Capítulo 9

—Voy a hacer té. Será mejor que pongas los pies en alto —da instrucciones la abuela.

Mamá obedece fatigada y se deja caer en una silla.

Parece rendida. Si lo piensas, debe de ser pesado llevar un bebé en la barriga y al mismo tiempo empujar el cochecito con una niña pequeña bien redondita.

Y tener que aguantar una rabieta de V.

No se ve a mi hermana por ninguna parte. Ha desaparecido.

—¡V! —la llama mamá—. ¿Dónde te has metido?

No contesta. Entra Dontie.

—Está echada en la cama, arrancando trocitos del papel de la pared —anuncia.

—¡V! ¡Baja de inmediato! —grita mamá.

Silencio.

Mamá parece desconcertada.

Anika se acerca a Stan y se sienta en su regazo. Stan desaparece.

Dontie silba.

La abuela sirve el té.

Mentalmente, añado una nueva preocupación a mi lista, en negrita:

 **¡V se las va a cargar!**

Mamá se levanta, sujetándose la espalda con las manos y se dirige al pie de las escaleras.

—¡V!

—¿Qué?

La voz de mi hermana suena muy malhumorada.

—Baja inmediatamente. ¡No pienso repetirlo!

—Tómate el té mientras está caliente —dice la abuela con suavidad.

Mamá se sienta de nuevo y bebe un sorbo. Dirige una breve sonrisa a Stanley.

—Enseña tu premio a los abuelos, Stan.

Stan se escapa de debajo de Anika y va a buscar su libro para mostrarlo a la abuela.

—¿Por qué te lo han dado? —pregunta.

—Por la lectura —dice tímidamente.

—¡Qué bien! ¡Mira, Arnold! Nuestro Stan ha ganado un premio de lectura.

—¡Es un chico listo! —dice el abuelo—. Déjamelo ver, Stanley.

V entra y se deja caer pesadamente al lado de mamá. Parece de muy mal humor.

—Creía que tenías que hacer deberes —dice mamá.

—Ya los he hecho —dice V.

—¡No los has hecho!

—¡Sí! Solamente eran de lectura.

—Vamos a oírlo.

—¡No! Te he dicho que ya está.

Da la impresión de que mamá quiere darle un cachete.

Pero no es así.

El abuelo levanta el libro de Stan, que ha estado admirando.

—No serás nunca una buena lectora como Stan si no practicas —afirma.

Mamá cierra los ojos.

—¡Leer es una tontería! —dice V como siempre—. ¿Puedo irme ya?

—¡No! —exclama mamá—. Quédate sentada hasta que todos hayan terminado los deberes.

Dontie y yo nos instalamos para hacerlos mientras Stanley lee una historia de su nuevo libro a Anika.

Después lee otra a los abuelos mientras mamá empieza a preparar la cena.

Luego, cuando llega papá, también le lee una.

Todo el rato, V permanece sentada, con los brazos cruzados, mordiéndose el labio superior, de mal humor y sin abrir la boca.

Come toda su cena pero no se despide de los abuelos cuando se marchan a su casa.

Tampoco quiere dar un beso de buenas noches a Stanley ni a Anika cuando suben a acostarse.

No quiere hablar conmigo cuando nos metemos en la cama y se desliza hasta el borde para estar lo más lejos posible.

—¿Qué ocurre, V? —pregunta mamá cuando entra a arroparnos. Se arrodilla junto a mi hermana y le retira el pelo de los ojos—. ¿No estarás celosa de Stanley, verdad?

V aparta la cabeza.

—¡NO! —dice enfadada—. ¡Stanley es tonto!

—No, no lo es —suspira mamá. No lo dice enfadada, su voz suena muy cansada—. Nadie es tonto. Bien, a dormir.

Sin embargo, V no se duerme. Lo finge pero sé que no porque sorbe por la nariz. Un rato después me atrevo a pasar un brazo por su cuello. Entonces sus sorbidos se convierten en sollozos y se vuelve para abrazarse a mí.

—No pasa nada —digo y le doy golpecitos en la espalda.

Por supuesto que pasa.

# Capítulo 10

En el colegio, los preparativos para la Navidad son mágicos. En la clase de la señora Vozarrón hacemos ángeles con papel de aluminio brillante y los colgamos por el aula.

Corto un poco de acebo del árbol de la esquina de nuestro jardín y la señora Vozarrón se pone contenta, y lo fija en lo alto de la pared.

Después Job trae muérdago y persigue con él a las chicas. Atrapa a Lucinda, que chilla como una loca, y la señora Vozarrón le riñe y le confisca el muérdago.

A mí no me alcanza aunque no puedo correr tan rápido como Lucinda.

En clase de Arte dibujamos felicitaciones navideñas y en Matemáticas hacemos calendarios, y luego ensayamos la obra.

Yo soy la estrella.

Mamá se pone muy contenta cuando le cuento que seré la estrella en nuestra representación de Navidad.

—¿En serio? —dice, y me da un fuerte abrazo—. Muy bien, Mattie. ¿Tienes que hablar mucho?

—No, no digo nada.

—Oh, ¿cantas, verdad? Tienes una voz muy bonita. No me extraña que la señora Sharratt te haya escogido.

—No, no canto.

—¿Bailas?

—No, no bailo.

—Entonces ¿qué haces? —parece confundida.

—Estoy de pie con los brazos extendidos. Así, ¿ves? —le hago una demostración—. La señora Sharratt me ha escogido porque sé permanecer quieta.

—Entiendo —pero no creo que haya entendido nada porque hay una pequeña arruga en su entrecejo. Luego dice—: ¿Qué parte es la tuya, Mattie? Vuelve a repetírmelo.

—Soy la estrella —repito, con paciencia—. Necesito un vestido.

—Es una obra sobre la Natividad —explica Dontie—. La clase de la señora Vozarrón la representa todos los años.

—Tengo que permanecer completamente

inmóvil encima de una gran caja de madera para que todo el mundo pueda verme y encuentre su camino al establo en el que ha nacido Jesús.

El rostro de mamá se ilumina con una enorme sonrisa.

—¡Oh, ya lo entiendo! ¡Eres la estrella!

La miro sin comprender.

—Es lo que he dicho.

En el colegio vamos a ensayar a la sala de actos. La mayor parte de los días, cuando pasamos por la clase de la señorita Pocock, V está sentada en la silla de los castigados.

—¿Por qué es tan rebelde V? —susurra Lucinda en mi oído.

—No lo sé —le contesto en un murmullo.

V no es siempre desobediente. Lo cierto es que a veces es muy buena.

Es generosa cuando toca compartir.

Es obediente en la mesa. Se lo come todo sin protestar, lo cual es bueno según la abuela.

Es disciplinada con la limpieza y también es ordenada. Hace todos los días nuestra cama por la mañana para que no nos llamen la atención, porque yo me olvido siempre.

Es muy buena calculando de memoria, por ejemplo el precio de nuestras hortalizas cuando las vendimos en verano.

Es obediente a la hora de levantarse y de acostarse, se limpia los dientes sin que se lo recuerden y se lava el pelo sola, y hace muchas de esas cosas que los adultos consideran importantes.

Se le da bien hacernos reír, y pensar nuevos juegos, y correr veloz, y jugar al *cricket* con

Dontie, y jugar a juegos de bebés con Anika, y escuchar mis preocupaciones de la Lista de Preocupaciones.

Lo cierto es que personalmente creo que a V le gusta ser buena y obediente.

Pero últimamente es todo lo contrario.

Y ahora ya no puedo comentarle mi Lista de Preocupaciones porque todas son sobre ella.

Esto es lo que he escrito:

## Lista de Preocupaciones

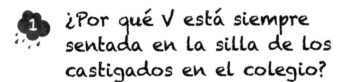 ¿Por qué V está siempre sentada en la silla de los castigados en el colegio?

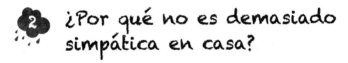 ¿Por qué no es demasiado simpática en casa?

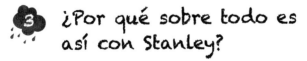 ¿Por qué sobre todo es así con Stanley?

¿Por qué llora todas las noches?

 ¿Por qué llama a todos y a todo tontos?

 ¿Por qué no quiere/no puede leer?

# Capítulo 11

Un día, la señora Dunnet sale del edificio del colegio y pregunta a mamá si puede acompañarla a su despacho.

—Claro —asiente mamá, sonriendo a la jefa de estudios—. Esperadme aquí, niñas, y vigilad a Anika. Ven conmigo, Stanley.

Pobre mamá. Piensa que hablarán de lo bien que le va a Stanley en el colegio.

Pero no es así. La jefa de estudios quiere hablar sobre lo mal que se comporta V.

V ha estado sentada fuera del despacho de

la señora Dunnet todo el día. Incluso ha comido allí.

—En realidad —tose la señora Dunnet—, es de Vera Lynn de quien quiero hablarle, señora Butterfield.

Mamá mira a V sorprendida. V parece haber disminuido un tercio de su estatura.

—Bien —dice mamá y ahora su voz suena desinflada—. Mattie, te encargas tú. Ven conmigo, V.

Mamá y V permanecen mucho rato en el despacho de la señora Dunnet. Durante este tiempo:

El señor McGibbon sale, monta en su bicicleta y se marcha pedaleando.

La señora Vozarrón sale y grita:

—¿Qué haces todavía aquí? —se mete en su coche y se va, sin esperar respuesta.

La señorita Pocock sale, mira con aspecto

culpable hacia nuestra dirección, y se escabulle por la verja lo más rápido que puede.

Stanley se aburre.

Anika tiene hambre.

Yo estoy preocupada.

Más profesores se marchan en sus coches.

El conserje sale y se queda mirándonos.

Luego mira su reloj.

Después hace tintinear sus llaves.

Finalmente, mamá sale con V.

V parece que todavía se ha encogido más.

Mamá parece enfadada e incómoda.

Nos dirigimos a casa sin mediar palabra. Papá llega y mamá desaparece con él en la cocina para preparar la cena mientras nosotros estamos sentados a la mesa haciendo los deberes. Fragmentos de la explicación de mamá salen flotando por la puerta cerrada.

—No sabe leer... No quiere intentarlo... Dice que es perezosa..., rebelde..., impertinente... Va atrasada... Es una decepción... No es como los otros... El pequeño Stanley va tan bien... ¿Puede que sea por el nuevo bebé? ¡¡¡MENUDO PROBLEMA!!!

A medida que el tono de voz de mamá sube, las mejillas de V enrojecen cada vez más. Por primera vez en su vida, esconde el rostro en un libro. Pero no puedo evitar darme cuenta de que no pasa las páginas.

Del otro lado de la puerta de la cocina nos llega la voz de papá tranquilizando a mamá.

—No te disgustes... No es bueno para el bebé... Voy a hablarle... Ahora deja de preocuparte...

V tiene muy buen oído. Nunca se le escapa nada.

A la hora de cenar nadie dice gran cosa. Jellico está echado con la cabeza entre las patas y nos guiña los ojos, pero nadie le hace caso. Después de cenar, papá y mamá lavan los platos.

Cuando han terminado, papá carraspea:

—Vamos a acostar a Stanika, después mamá y yo queremos hablar contigo, V. En privado.

V no dice nada.

—Oh —dice Stanley disgustado.

Miro el reloj. Pobre Stanley. Es muy pronto para que se vaya a la cama.

—No te preocupes, compañero —dice papá—. Puedes leer un rato el libro que has ganado en el premio de lectura.

—¡Hurra! —dice Stanley y levanta los brazos al aire como si hubiera metido un gol, y Jellico ladra.

Mamá y papá se ríen y de pronto todo parece haber vuelto a la normalidad. O casi.

Entonces V lanza un sonoro bufido muy desagradable.

—¿Y eso a qué viene? —pregunta papá mirándola.

Todos permanecemos en silencio. Jellico se escabulle debajo de la mesa.

—He preguntado cuál es el motivo de ese desagradable bufido.

—Stanley —dice V, y pone los ojos en blanco—. ¡Es tan tonto!

El rostro de Stanley se ensombrece.

—No, no lo es —dice papá.

—Claro que sí —dice V desdeñosa, manteniéndose en sus trece.

—No, no lo es —repite papá enfadado—. Tú eres tont...

—¡Tim! —advierte mamá, pero es demasiado tarde.

V se pone en pie de un salto y pasa por delante de nosotros como una flecha hacia las escaleras. Papá se muerde el labio.

Se ha detenido a tiempo pero todos sabíamos perfectamente lo que iba a decir.

Incluida V.

# Capítulo 12

Mamá acuesta a Anika.

Stanley va a asearse, se pone el pijama y se limpia los dientes.

Dontie se deja caer a mi lado en el sofá.

—Buenas noches —dice Stanley y nos da un abrazo.

Luego sube las escaleras, limpio y sonrosado, deseoso de leer su libro en la cama.

Papá lanza un hondo suspiro y se levanta.

—Vale. Supongo que es mejor que suba y hable con vuestra hermana.

Justamente entonces suena el timbre y salto del asiento para mirar por la ventana.

—¡Son los abuelos!

—¡Genial! —dice papá con voz débil aunque no suena convencido.

Corro a abrirles la puerta.

—¡Qué casa más tranquila! —dice la abuela cuando entra en el recibidor.

Pero entonces llega de arriba **UN AULLIDO TREMENDO...**

...El **AULLIDO** más Grande, el más Terrorífico, más Espeluznante que alguien pueda haber oído en su vida. Llena toda la casa.

Jellico tiene los pelos de punta y corre hacia la puerta abierta, por entre las piernas de la abuela.

Mamá y papá salen precipitadamente.

—¿Qué ocurre? —pregunta papá.

Todos permanecemos en el recibidor donde el Formidable Aullido es reemplazado por Enormes Gritos y Riñas.

Anika rompe a llorar en su habitación arrancada de su sueño, mientras fuera Jellico ladra, aúlla y gruñe.

—¿Qué demonios...? —dice mamá. Empieza a subir las escaleras, y de pronto se detiene—. ¡Stanley! —sofoca un grito—. ¿Qué ocurre?

Mi hermano pequeño ha aparecido en lo alto de la escalera, agitado, resoplando y tragando saliva. Sujeta el libro de su premio en el pecho y llora a moco tendido.

—¡Mirad! —chilla y abre el libro.

Páginas sueltas se esparcen por las escaleras. Una cae sobre mi pie. La recojo y contengo el aliento. Alguien la ha llenado de garabatos.

V aparece detrás de él, con las mejillas bañadas en lágrimas y cubiertas de mocos.

—¡Lo siento! ¡Lo siento! ¡Lo siento! —llora.

—¡Oh, Vera Lynn! —gime la abuela—. ¿Qué has hecho?

No parece enfadada.

Su voz suena triste.

# Capítulo 13

Es el peor día de mi vida.

Sin lugar a dudas.

Incluso es peor que el día que Dontie se cayó por el precipicio, porque entonces sabía que Will iba a ayudarme.

Hoy a mi Lista de Preocupaciones le han crecido piernas, ha salido de la página y ha corrido por la casa provocando el caos.

Es el día que siempre he temido. Pensaba que si lo escribía, no sucedería nunca.

Me equivoqué. Ha sucedido.

Miro a Stanley, a su libro roto, lleno de garabatos, colgando de su mano, con las páginas esparcidas por el suelo. Tiene la boca abierta, los ojos cerrados y empieza a aullar de nuevo.

Nunca había visto a Stanley tan disgustado.

Miro a V de pie junto a él, gimiendo y temblando, mientras unos gruesos lagrimones resbalan por su cara.

Nunca había visto a V tan turbada.

Miro a mis padres, con los ojos abiertos como platos debido a la sorpresa.

¡No saben qué hacer!

Entonces la abuela toma la iniciativa.

—¡No te preocupes, Stanley! —sube a pasos agigantados uno, dos, tres escalones (¡no sabía que podía moverse con tanta rapidez!) y lo abraza—. Vamos, vamos —dice y le da palmaditas en la espalda—. No te preocupes, pequeño. Vamos a comprarte otro libro. Ven, Tim.

Papá obedece y toma a mi hermano pequeño en sus brazos.

Luego, la abuela levanta en brazos a la llorosa V y dice:

—Ya basta, señorita —y la lleva a nuestra habitación cerrando la puerta tras de sí.

Resulta que todos nos acostaremos tarde.

No puedo ir a la cama porque la abuela está en mi habitación hablando con V y Stanley no puede acostarse porque está muy disgustado.

Así que mamá y papá nos dejan quedar levantados y ver la tele como recompensa, incluso a Anika, que lo encuentra fantástico.

—¡No podemos acostumbrarles a esto! —murmura mamá al ver la hora y que Anika no muestra señales de tener sueño.

Finalmente se abre una puerta arriba. Ocho pares de ojos, incluido Jellico, miran cómo V y la abuela bajan, de la mano, y se detienen frente a nosotros.

—V tiene algo que decir —dice la abuela y apaga el televisor.

Nadie se queja, ni siquiera Dontie.

V, cabizbaja, se dirige hacia Stanley, sentado encima de las piernas de papá. Cuando levanta el rostro para mirarle, lo tiene lleno de manchas rojas y sus ojos se ven enrojecidos e inflamados. Pero por lo menos ha dejado de temblar.

—¡Lo siento, Stan, de verdad que lo siento! —dice, y de nuevo sus ojos se llenan de lágrimas que resbalan por sus mejillas—. Nunca más haré algo tan horrible, te lo prometo. Mañana te compraré otro libro.

—¿Cómo? —digo sorprendida.

Sé que V no tiene dinero. Gasta toda su paga tan pronto como se la dan.

—Yo le prestaré el dinero —explica la abuela—. Cada semana me lo devolverá con el dinero de su paga. Empezaremos mañana.

—¡Tardará años! —grita Dontie.

—Solo serán unas semanas —dice la abuela.

—No me importa —solloza V—. Lo siento mucho, Stan.

Stan alarga los brazos y la abraza.

—No pasa nada, V.

V vuelve a llorar desconsolada.

Anika se escapa de la falda de mamá y se coloca delante de V. Se pone de puntillas y toca con suavidad una lágrima de la mejilla de su hermana. No creo que haya visto llorar nunca a V.

A V con una pataleta, sí. A V hecha un mar de lágrimas, no.

—¡Gotas! —dice Anika fascinada.

—No —explica Stanley—. Lágrimas.

—¡Gotas! —insiste Anika, tocando de nuevo el rostro de V.

—Lágrimas —dice Stanley, con paciencia.

—¡Gotas! —persiste Anika, manteniéndose firme.

V hace un sonido extraño y empieza a temblar de nuevo.

—¡Lágrimas! —dice Stan, en voz más alta.

—¡Gotas! —dice Anika, todavía más alto. Señala una en el extremo de la nariz de V y le da una palmada. Con fuerza.

—¡Ay! —grita V.

—¡Lágrimas! —grita Stanley.

—¡GOTAS! —ruge la tranquila pequeña Anika.

La abuela también hace un ruido extraño, como el de V. ¡Oh, no! ¡No puedo creerlo! La abuela también va a ponerse a llorar.

Miro a mamá en busca de ayuda.

Algo extraño le está sucediendo a mi familia.

Mamá se agita.

Papá gime.

V tiembla.

La abuela sufre sacudidas.

Los hombros del abuelo suben y bajan.

Dontie se ha caído del sofá y se está revolcando por el suelo.

¿Qué les pasa?

—¡Ya caigo!

—No, Stanley. ¡Gotas! —anuncia Anika.

Y todos sueltan una carcajada, incluso V, mientras Anika, con la primera frase de su vida, gana la discusión.

Anika nos sonríe.

—Gotas —repite satisfecha—. Gotas.

# Capítulo 14

El sábado, la abuela se lleva a V para comprar un libro nuevo a Stanley. Dontie va a conocer a sus nuevos compañeros del centro de enseñanza secundaria. Mamá y papá llevan a Stanika al parque y yo me quedo en casa con el abuelo. Tengo que pensar en los regalos de Navidad.

Me siento junto a la mesa y hago una lista. Se me da bien hacer listas. Pienso en lo que le gusta más a cada uno y lo escribo. Queda de la siguiente manera:

**MAMÁ:** Un enorme ramo de flores.

 **PAPÁ:** Pinturas nuevas.

 **DONTIE:** Una Nintendo DS.

 **V:** Accesorios para el monopatín.

 **STANLEY:** Un libro.

 **ANIKA:** Lo mismo que para Stanley.

¡Genial!

Subo arriba, abro mi hucha y cuento las monedas.

Tengo 2,42 euros.

Vuelvo a bajar.

—¿Abuelo?

—¿Mmm? —el abuelo lee el periódico.

—¿Cuánto cuesta una Nintendo?

—¿Una Nin-qué-o?

—No importa —sé que no tengo suficiente dinero.

Lanzo un hondo suspiro.

El abuelo me mira por encima del periódico.

—¿Qué ocurre, Mattie?

—Estoy con la lista de regalos de Navidad, pero tengo un problema.

—¿Cuál es?

—No creo que pueda comprarlos.

—No te preocupes por el mío —dice alegremente—. No quiero nada.

Ostras. Lo había olvidado. Añado otros dos nombres a la lista.

 **ABUELO**

 **ABUELA**

Llaman a la puerta y al abrirla aparece tío Vez.

Ostras.

Añado un nuevo nombre a la lista.

 ## TÍO VESUBIO

Entonces me acuerdo de alguien más.

 ## LUCINDA

—¿Deberes? —pregunta tío Vez.

—No, estoy haciendo la lista de las personas a las que tengo que hacer un regalo de Navidad.

—Son muchas —dice tío Vez, mirando por encima de mi hombro.

—Y hay un problema —explica el abuelo—. No tiene dinero.

—Siempre pasa igual. No importa, lo que cuenta es la intención —dice tío Vez—. Bórrame.

Tacho su nombre. Luego hago lo mismo con el del abuelo.

—Pero —digo, reflexionado—, aunque te borre a ti y al abuelo de la lista…

—Y a la abuela, y a tus padres. Ellos tampoco quieren nada —interrumpe el abuelo.

Tacho los nombres de mamá y papá y de la abuela.

—Sí, pero… —hago un rápido recuento y suspiro—. Todavía tengo que comprar uno-dos-tres-cuatro-cinco. Porque si a Dontie, V, Stanika o a Lucinda les doy un regalo y lo abren y es una caja vacía y les digo «Lo que cuenta es la intención», creo que se sentirán un poco decepcionados.

—Mmm, ya entiendo lo que quieres decir —admite el abuelo.

—Los mejores regalos son los que hace uno mismo —remarca tío Vez.

—Es cierto —dice el abuelo—. ¿Tienes alguna idea?

—Un montón —dice tío Vez—. ¿Todavía guardas aquellos guijarros que trajiste de Sunset Cove?

—¡Sí! ¡Los tengo en mi habitación!

—Ve a buscarlos. Te esperamos en el cobertizo.

¡Oh, madre mía! Los **MEJORES** regalos son los que tu abuelo y tu tío abuelo te ayudan a hacer. ¡Son increíbles! Pero todos tendrán que esperar hasta Navidad para descubrir qué son.

En cualquier caso, cuando llegan los demás a casa, están listos, bien envueltos y escondidos bajo mi cama, preparados para Navidad. Guardo mi secreto como oro en paño.

—¿Qué has hecho, Mattie? —pregunta mamá.

—Oh, casi nada —digo despreocupada, y cruzo los dedos porque sé que es mentira.

Una mentira leve. El abuelo me guiña un ojo y tío Vez se mete las manos en los bolsillos, levanta la mirada hacia el techo y silba inocentemente.

—Deberías haber venido con nosotros —dice mamá—. Creía que la abuela y V ya estarían en casa. Me pregunto dónde se habrán metido.

La abuela y V no se presentan hasta que casi es la hora de cenar.

¡Y cuando V entra todos contenemos la respiración!

# Capítulo 15

¡V lleva gafas!

¡Parece otra! No se ve tan fiera, sino mayor y más lista, como un pequeño búho flaco, aunque sin plumas.

—¡Mirad! —exclama mamá—. ¡Te sientan bien, V!

—Pareces una pequeña intelectual —admite papá, sonriendo de oreja a oreja.

—¿Qué es una intelectual? —pregunta Stanley.

—Una persona inteligente. ¿No te parece que tu hermana se ve inteligente, Stan?

Stanley afirma solemnemente, observando a V como si no estuviera seguro de reconocerla.

—¿Yo? —chilla Anika y se estira para alcanzar las nuevas gafas de V—. ¿Me toca?

—No, Anika —niega con la cabeza V—, no son para jugar. Son para ayudarme a ver mejor.

—¿Funcionan? —pregunto.

—¡Son geniales! —la cara de V se ilumina—. Ahora todo se ve luminoso y claro y brillante.

Las cosas ya no se ven borrosas.

—Oh, cariño —mamá traga saliva—. Nunca pensé que vieras las cosas borrosas, V —su voz suena como avergonzada por no haberse dado cuenta.

Porque, pensándolo

bien, mamá lo sabe casi todo acerca de nosotros.

—Tampoco yo —dice simplemente V—, hasta que me he puesto las gafas.

—¿Cuándo te has dado cuenta? —pregunta papá, dirigiéndose a la abuela.

—Hace poco. No estaba segura, fue una corazonada. Hablamos mucho la pasada noche, ¿verdad?

—Le conté a la abuela —admite V— que odio el colegio porque todos pueden leer menos yo —su pequeño rostro detrás de las nuevas gafas parece afligido—. Por eso estaba tan enfadada contigo, Stanley. Porque tú podías leer tan bien y yo no, a pesar de ser mayor que tú.

—¿Por eso hiciste garabatos en mi libro y lo rompiste?

—Lo siento —admite V entristecida.

—Es una chiquilla tan lista que tenía que

haber una razón por la que no pudiera leer —dice la abuela—. Y se comportaba tan mal que pensé que había llegado el momento de buscar la raíz del problema antes de que se convirtiera en una delincuente juvenil.

—¿Qué es una delincuente juvenil? —pregunta Stanley.

—Alguien que tiene un comportamiento antisocial —explica Dontie.

—¿Qué es un comportamiento antisocial? —Stanley siempre hace muchas preguntas.

—Personas que no saben comportarse bien —dice papá—. ¿Así que fuiste a que le hicieran una revisión de la vista? ¡Eres un genio!

—Bueno, pensé que no le haría ningún daño. ¡Y bingo! Resulta que todos los problemas venían de aquí. La pobre niña no podía ver más allá de la punta de su nariz.

Pobre V. Tiene una nariz tan pequeña.

—Ahora con las gafas puedo ver que todas las letras son diferentes. Antes no me daba cuenta —dice V con orgullo.

—¡Vaya, vaya! —exclama tío Vez, soplando su bolígrafo—. Quizás debería hacerme unas gafas nuevas. ¡Podría convertirme en el Cerebro del país!

—Aquí tienes tu nuevo libro, Stanley —V se lo alarga.

—Puedes leerlo primero tú —dice Stanley con generosidad.

—No, más adelante, todavía no he aprendido a leer —dice V—. Pero lo haré pronto.

Estoy tan contenta de que V quiera aprender. Todos lo estamos.

A este paso puedo tirar mi Lista de Preocupaciones.

¡La buena de la abuela!

# Capítulo 16

Es Nochebuena.

Mi noche favorita del año.

Stanika están acostados.

V está repantingada leyendo. Aprender a leer le ha costado dos semanas.

—Esta niña siempre tiene la nariz metida en un libro —se queja mamá, pero lo dice con ojos sonrientes, de manera que no es verdad.

Bueno, sí que es verdad, pero no le importa.

V lee todos los libros que encuentra, para

aprovechar el tiempo perdido. Una vez que ha podido distinguir las letras, todo ha ido sobre ruedas. Aunque todavía comete errores. Como anoche cuando leía a Anika el cuento de antes de acostarse y dijo:

—Así pues, Pedro estaba *cofundo* y...

—¿Qué es *cofundo*? —preguntó Stanley—. ¿Quiere decir chiflado?

—Mmm... no lo sé, pero es lo que pone.

—En realidad pone «confundido» —dijo Stanley después de echar un vistazo.

V volvió a mirar la palabra.

—Ah, sí —dijo y siguió leyendo el cuento.

Tres semanas antes habría reaccionado de mal humor si Stanley hubiera señalado que se había equivocado.

Lo cierto es que tres semanas atrás no hubiera estado leyendo un cuento.

No puedo esperar a ver las caras que

pondrán todos cuando mañana reciban mis regalos. Me daba miedo que alguien los descubriera escondidos debajo de mi cama. Afortunadamente, V no es la clase de persona que mira debajo de la cama para ver si hay algo o alguien escondido (¡no como yo!), por eso han estado a salvo.

Sin embargo… estoy preocupada.

No quiero estar preocupada en Nochebuena pero no puedo remediarlo.

Tengo una Lista de Preocupaciones con dos cosas escritas.

Dos cosas. En realidad, no es mucho. En el pasado tenía muchas más.

Esta es mi Lista de Preocupaciones de Navidad:

 Coles de Bruselas

 Pavo

# Las coles de Bruselas

Prometí coles de Bruselas a la abuela para nuestro banquete de Navidad.

Las planté en verano y crecían bien. Pero ahora algo ha salido mal.

Las hojas se han puesto amarillas y están secas. Tío Vez dice que se han «marchitado», lo que creo que significa que se han abierto y no tienen buen aspecto. Tío Vez no para de murmurar cosas como «mosca de la col» y «gusanos de la raíz de la col» y «fastidiosos parásitos» y ahora nadie quiere comérselas.

Dontie está contento porque no le gustan las coles de Bruselas, pero yo me siento incómoda.

¡Lo prometí!

Antes de marcharse a su casa tío Vez dice:

—Déjalas hasta mañana, Mattie, y veremos qué aspecto tienen por la mañana.

Pero no van a mejorar en una noche, ¿verdad?

## 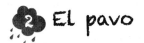 El pavo

La abuela dice que nos va a cocinar un banquete de Navidad que no olvidaremos nunca. Lo hace absolutamente todo ella sola.

Ha comprado un elegante mantel navideño con dibujos de acebo y servilletas a juego.

Ha comprado galletas saladas de buena calidad, no de pacotilla, con regalos de verdad en su interior como sacapuntas y diminutos bloques de cartas y peines y gomas para el pelo.

Ha comprado un Papá Noel de cerámica en su trineo con todos los renos para el centro de la mesa y Rodolfo tiene una nariz luminosa.

Ha comprado cava y refrescos para beber durante la cena, además de whisky para el abuelo, papá y tío Vez, y una botella de Jerez para ella.

Ha hecho pasteles de picadillo de fruta y un budín de Navidad con monedas de plata dentro, y mantequilla de *brandy* y salsa de arándanos, y volverá por la mañana para hacer relleno de castañas y rollos de salchicha y las verduras.

El pavo está en la bandeja para asar en nuestra cocina, esperando que lo metan en el horno.

—Todo está bajo control —ha dicho con satisfacción, echando un último vistazo alrededor antes de marcharse a su casa—. Tú, Mona, mañana no vas a levantar un dedo.

Mamá, que estaba sentada en el sofá con los pies en alto, ha sujetado la mano de la abuela al pasar por delante de ella y ha dicho:

—Que Dios te bendiga —y la abuela se ha puesto colorada.

Creo que ahora la abuela y mamá se llevan mejor.

Todo esto está bien. Muy bien. Pero el problema es este:

La abuela dice que la Navidad sin pavo es como:

 El té sin leche.

 El pan sin mantequilla.

 La leche sin cacao.

Creo que ha olvidado que soy vegetariana.

# Capítulo 17

En nuestra casa Papá Noel baja por la chimenea y deja nuestros regalos grandes esparcidos por el centro de la sala de estar.

Los regalos pequeños están empaquetados encima de las sillas.

Este año, en medio de la habitación, ha dejado:

 Una *mountain bike.*

 Un monopatín.

Un pupitre rojo con asiento incorporado.

 Un bebé en un cochecito.

 Una caja de madera con tejado y una puerta en la parte frontal.

—¡Guau! —exclama Dontie, con los ojos fijos en la bicicleta—. ¿Es para mí?

—Bueno, la muñeca y el cochecito seguro que no —sonríe papá—. Y creo que es demasiado grande para los demás, a menos de que sea para mí.

—¡Venga ya! —grita Dontie y se monta en la bicicleta—. ¡Gracias, Papá Noel!

—Ahora podrás ir en bicicleta al instituto con tus amigos —dice mamá.

—¡Un monopatín! —chilla V y salta enseguida encima. La tabla se tambalea y ella acaba cayendo de espaldas—. ¡Huyyy!

—Ya te enseño cómo tienes que hacerlo —dice Dontie—. ¿Qué te ha traído a ti, Mattie? ¿Una caja nido de madera para pájaros?

—¡Es una caja para murciélagos! —digo encantada—. ¡Lo que quería!

—Bien —dice mamá mientras Anika mira dentro del cochecito y saca el muñeco estirándolo por una pierna—. Con cuidado,

Anika. Tienes que tener mucho cuidado con los bebés.

—¡Este cochecito es igual que el mío cuando era pequeña! —digo sorprendida.

—Sí que se parece —dice papá—. Papá Noel debe de tener muchos en el almacén —él y mamá intercambian una mirada de complicidad.

—Me pregunto dónde habrá ido a parar

—dice mamá—. V nunca ha sido aficionada a jugar con muñecos y cochecitos.

Toma en brazos el muñeco de Anika y le muestra cómo acunarlo. Anika sonríe y se lo arrebata, meciéndolo a gran velocidad como una minimamá cargada con pilas.

Indudablemente será aficionada a las muñecas y los cochecitos.

—¿Esto es para mí? —pregunta Stanley, observando el pupitre con los ojos como platos.

Papá asiente y se agacha junto al pupitre mientras Stanley se sienta con cuidado y levanta la tapa.

—Yo tuve uno igual cuando era niño —explica papá—. Solo que el mío no era rojo, sino de madera lisa. Me gustaba usarlo para leer, escribir y dibujar. Guardaba dentro mis cosas de dibujo y mis libros favoritos, para que estuvieran a resguardo y seguros. Mira, incluso puedes cerrarlo con esta pequeña llave.

Stanley practica cerrando y abriendo su pupitre. Después abre los regalos que hay en la silla y descubre montones de libros nuevos para guardarlos en el pupitre.

Toda la mañana de Navidad la pasa sentado en su pupitre, leyendo en silencio sus libros, mientras el resto abrimos nuestros regalos a su alrededor y corremos dentro y fuera de la casa para probarlos.

Pongo mis nuevas semillas y la horca y la pala en el cobertizo. Hay un bote de pintura vacío en la mesa de trabajo. Es curioso. Es exactamente del mismo tono que el pupitre de Stanley.

¡Mis regalos! Casi lo olvido. Corro escaleras arriba y bajo con ellos en mis brazos.

—¡Uno para ti, otro para ti, otro para ti y

otro para ti! —les doy uno a cada uno de mis hermanos y hermanas.

Mis padres observan mientras los desenvuelven e inspeccionan el contenido de los paquetes.

—¿Qué es? —V parece sorprendida.

Encerrado en una pequeña caja de madera de balsa, un guijarro liso y gris la mira, sin pestañear, con ojos redondos hechos con botones y cuentas pegados.

—Es Maspiedra. Tu mascota de piedra. ¿Entiendes?

—¡Qué pasada! —ríe Dontie—. ¡Una mascota de piedra! Me gusta.

—No tienes que darle de comer ni limpiarla o sacarla a pasear. Solamente tienes que hablarle y sacarla de la caja de vez en cuando para darle un abrazo.

—¡Genial! —dice V—. ¡Es el mejor regalo que me han hecho nunca! —la mete en su bolsillo y sale zumbando por la puerta sobre su nuevo monopatín que ahora sabe cómo manejar.

¡Crac!

O casi.

Han llegado los abuelos.

# Capítulo 18

Hasta este momento, el día de Navidad ha sido fantástico, pero ahora tengo que enfrentarme a los dos puntos de mi Lista de Preocupaciones, que son:

 **¿Serán comestibles mis coles de Bruselas?**

 **¿Me hará comer pavo la abuela? (Me gustaría pero no puedo ya que ahora soy vegetariana.)**

Papá ha metido el pavo en el horno

cuando se ha levantado esta mañana y ahora la abuela solo tiene que cocinar las verduras.

—¿Puedes ir a recoger las coles de Bruselas, Mattie, guapa? —pregunta, introduciendo los rollos de salchicha y las albóndigas rellenas en el horno caliente.

Temía este momento. Odio defraudar a los demás. Tomo el bol que me ofrece, segura de que mis coles de Bruselas no serán comestibles.

Se abre la puerta. Entra tío Vesubio con la lata de galletas surtidas de chocolate de las pasadas Navidades llena de patatas nuevas y una gran bolsa de malla.

—Toma, Mattie. He recogido tus coles de Bruselas al entrar.

Miro el interior de la bolsa.

—¡Están bien! —exclamo sorprendida.

—Al final han salido bien —dice—. A veces las coles de Bruselas tienen estas cosas.

—¡Lástima! —se lamenta Dontie.

Estoy encantada.

Entonces abrimos los regalos de los abuelos y de tío Vesubio y yo tengo una prensa para flores y un *kit* para hacer chocolate de parte de los abuelos y una estación de alimentación para erizos de tío Vez, por lo que excepto el bidón lleno de gusanos (puedo esperar otro día, no hay prisa), me han regalado todo lo que quería.

V recibe montones de libros de los abuelos y ¿sabéis qué?

Está muy contenta.

Después todos bebemos cócteles de Navidad con pajitas y pequeñas sombrillas.

—No me hagáis reír más —se ríe mamá—. No en mi estado.

Parece un poco alegre. Tiene las mejillas muy sonrosadas y resopla un poco.

Al cabo de un rato, la abuela anuncia:

—¡Familia, la comida está servida! —y nos sentamos todos a la mesa y abrimos las galletas de broma. Yo consigo una goma para el pelo en la mía y V lee los chistes que hay en cada galleta. Es un juego realmente divertido.

Entonces, la abuela coloca una bandeja tras otra en la mesa y me quedo en silencio. Y quieta. Este es el segundo momento que temía.

Para el banquete de Navidad tenemos:

 zanahorias glaseadas,

 coles de Bruselas con castañas salteadas,

 patatas nuevas, empapadas de mantequilla,

 chisporroteantes patatas asadas,

deliciosas salchichas envueltas en panceta,

 albóndigas rellenas de albaricoque, apio y castañas,

 salseras de humeante salsa de pan tradicional y jugo de carne,

 salsa de arándanos,

 ... y un apetitoso pavo dorado que despide un aroma delicioso.

Yo no puedo comerlo.

Quiero decir el pavo. Tampoco los rollitos de salchicha. La abuela se sentirá muy decepcionada.

Es taaaan difícil ser vegetariana.

—Bueno —jadea mamá—. ¡Marjorie, nos sentimos orgullosos de ti!

—Todavía no he terminado —dice la abuela y regresa llevando una última bandeja—. Es la primera vez que lo hago, así que no sé qué sabor tendrá.

—¿Qué es? —pregunta V.

—Asado de frutos secos —dice la abuela. Es delicioso.

# Capítulo 19

Me encanta el día de Navidad. Comes y comes y comes hasta hartarte.

—Me parece que voy a echarme un rato —dice mamá después de comer.

Da la impresión de estar completamente llena, aunque en realidad, no he podido evitar darme cuenta de que apenas ha comido nada. Ha ido dando trozos de su pechuga de pavo a Jellico, a pesar de que nunca nos deja darle de comer en la mesa. Y se ha dejado todas las verduras.

La abuela también se ha dado cuenta, pero no le ha dicho nada como habría hecho con alguno de nosotros.

Creo que sabe que a mamá no le queda espacio para la comida en la barriga. El bebé lo ocupa todo.

Papá ayuda a mamá a subir a la habitación.

—¡Todo el mundo en marcha! —truena tío Vez, y todos ayudamos a limpiar excepto Anika y Jellico, que se han dormido juntos en la esterilla de la chimenea, y la abuela, que ha cocinado.

Limpio de restos los platos en el cubo de la basura sobre la bolsa de malla en la que tío Vez ha metido las coles de Bruselas. Lleva una etiqueta del supermercado encima. Después preparo una taza de té para la abuela mientras el abuelo limpia la mesa, tío Vez lava los platos, Dontie los seca, y V y Stanley los colocan en su sitio.

V intenta hacerlo subida en su monopatín, pero no funciona. Choca contra el armario y hace añicos la mejor salsera de la abuela. La abuela le ordena que deje el monopatín fuera.

Cuando lo hemos limpiado todo, el abuelo sirve un poco de whisky para tío Vez y para sí mismo y un poco de jerez dulce para la abuela y se sientan ante el televisor para oír el discurso de la reina.

—Vamos fuera a jugar —dice V, que está deseando montarse en su monopatín.

Fuera, Dontie organiza una carrera de obstáculos para su nueva *mountain bike* y para el monopatín de V. Puede escoger entre montones de obstáculos.

La mayoría de las personas no tienen esculturas de piedra que representan:

dinosaurios

hadas

búhos

helicópteros

ángeles

Batman

canguros

Águilas

dragones

coches de carreras

gatos, perros y cabras

un pingüino

daleks

gnomos

tortugas                    Superman

mantis religiosa

                                   fantasmas
delfines

                  erizos
naves espaciales

                   querubines

tiburones              tractores

excavadoras

y **osos polares** en su jardín. Nosotros
sí.

Mi padre es escultor y artista.

Cada cumpleaños nos regala una nueva escultura y podemos escoger lo que queremos.

Papá asoma la cabeza por la ventana de su habitación para vernos jugar en el jardín. Le saludo y le digo:

—¡Papá! Pronto necesitaremos otra escultura para el nuevo bebé.

Vuelve la cabeza hacia el interior del dormitorio y un segundo después reaparece, sonriendo.

—Sí, creo que tienes razón, querida Mattie.

De la ventana de la habitación surge un quejido.

# Capítulo 20

La comadrona llega con su maletín casi a la hora de la cena, justamente cuando empieza a oscurecer.

—¡Hola, niños! —dice—. ¿Ha venido Papá Noel? —y desaparece escaleras arriba sin esperar respuesta.

—¿Puedo subir a ver a mamá? —pregunta V, pero la abuela no la deja.

Comemos budín de Navidad y pastel borracho con frutas pero nadie tiene hambre.

Miramos la tele pero nadie está demasiado interesado.

Jugamos a las charadas pero nadie se concentra.

El reloj suena, y suena, y no para de sonar.

El abuelo y tío Vez cada vez están más silenciosos.

La abuela cada vez está más nerviosa.

Dontie está inquieto.

V se pone gruñona.

Stanika están cansados.

Yo estoy preocupada.

Entonces tengo una idea.

Voy a la cocina y abro la puerta de la nevera lo más silenciosamente que puedo.

Corto un trocito de pavo de la carcasa y lo meto en un plato con algunas coles de Bruselas que han sobrado.

¡No es para mí!

Lo dejo fuera de la puerta de atrás. Para los duendes de las minas.

En Cornualles, Ted me contó que si das de comer a los duendes de las minas, los duendes mágicos, te ayudan.

Creo que mamá necesita toda la ayuda que se le pueda ofrecer.

Nadie se da cuenta de que he salido.

—Creo que voy a subir un momento arriba para ver cómo se encuentra vuestra madre —dice la abuela cuando paso por su lado.

—¡No es justo! —protesta V.

Entonces se oye un sonido procedente de arriba.

Un sonido fuerte, chillón.

Jellico se sienta tenso, aguzando el oído, y aúlla.

El sonido se oye de nuevo. Más alto. Insistente.

Jellico se levanta y ladra, moviendo la cola.

Suena como el maullido de un gato.

O como el balido de un cordero.

O como…

—¡Un bebé! —sonríe Anika y todos corremos escaleras arriba.

Mamá está sentada en la cama con un bebé en sus brazos.

—Venid a conocer a vuestro nuevo hermanito.

—¡Ted dijo que sería un niño! —jadeo.

—Ted tenía razón —acepta mamá.

—El mejor regalo de Navidad del mundo —dice tío Vez.

¡Mi hermanito ha nacido el día de Navidad por la noche!

—¡Buena elección! —dice Dontie.

—¡Tendríamos que llamarle Jesús! —sugiere Stanley.

—No me parece apropiado —replica mamá, que está sonrosada y guapa—. ¿Más ideas?

El bebé es blandito y suave y húmedo. Como una pequeña foca.

—*Sedoso* —murmuro, acariciando su mejilla aterciopelada, y su boquita se mueve en señal de aprobación.

Todos ríen.

—Pelón —declara tío Vez—. Porque es calvo como yo.

Todos se quejan.

—Maspiedra —dice V.

—¡No le voy a dar el nombre de un guijarro! —farfulla mamá.

—Pablo —sugiere papá—. Como Pablo Picasso.

—David —indica la abuela—. Como mi padre.

—Benjamín —señala el abuelo—. Como el mío.

—Zebadee —suelta Dontie.

—Stanley —opina Anika.

Todos observamos al bebé atentamente. Ninguno de los nombres parece apropiado. Al bebé no le van Pelón, Maspiedra, Pablo, David, Benjamín o Zebadee, ya tenemos un Stanley y no vamos a llamarle Jesús.

—Will —anuncio—. Se llama Will.

Todos callan.

—Will —repite mamá.

—Will —recalca papá, probando.

—Will —observa tío Vez—. Bien, es un nombre con fuerza.

—Will —considera la abuela—. Es bonito.

—Will —manifiesta el abuelo—. Me gusta.

—Will está bien —se encoge de hombros Dontie.

—Will es OK —opina V.

—Will —Stanika nos sonríen.

—Decidido —afirma mamá—. Se llamará Will. Buena idea, Mattie.

Ha sido la mejor Navidad de mi vida.

Más tarde, esa misma noche, cuando todos duermen, abro la ventana de mi habitación y me asomo fuera.

Hay luna llena y el cielo está plagado de estrellas. Es una noche mágica.

Abajo, en el peldaño de la puerta, el pavo y las coles de Bruselas han desaparecido del plato.

Los duendes de las minas han venido y han recogido su pago por cuidar de los Butterfield.

Observo las esculturas del jardín que parecen fantasmas a la luz de la luna. Pronto habrá otra para hacerles compañía.

Una *sedosa*.

Una foca.

Para Will.

# FIN

Antes de escribir su primera novela, Chris Higgins enseñó inglés y teatro en colegios de enseñanza secundaria durante varios años y también trabajó en el Minack, el teatro al aire libre de las colinas cercanas a Cornualles. Actualmente se dedica a escribir y es autora de diez libros para niños y jóvenes.

Está casada y tiene cuatro hijas. Le encanta viajar y ha vivido y trabajado en Australia, ha viajado haciendo autoestop a Estambul y a través de la llanura del Serengeti. Nació y creció en Gales del Sur, y ahora vive en el extremo oeste de Cornualles con su marido.